FAIRYTALES are
ROCKING about on
the EARTHBEAT 1999-2000
by tomiko takino

文芸社

contents

a foreword: beat my head against my nature

face:1   love affair 1999-2000

            ある日の戯言............1
            in the middle of the beginning............10
            手紙............28
            the mummy in my pocket............36

face:2   fairytales are rocking about on
            the earthbeat 2000.8.9-11.9

            august............55
            september............74
            october............88
            november............108

p.s.:   sonic silence

                        in the end of 20th century

a foreword:beat my head against my nature

see you at heaven's door

ささやかな夢の話
　　其処はだだっ広い真っ白な空間、壁にはお気に入りの絵、
　　私はキーボードを叩く。ぶつくさ独り言をいいながら、
活字と妄想と希望の呪文を唱えている。
　　私は絵を描いている。大きな紙と床には弾け飛んだ絵の具の跡、
時間を代弁するかのように、居座っている。
　　私は作業をしている。いつまで経っても上手くならない。
90度すら正確に測れなくて、苛立っている。
　　私はギターを弾いている。相変わらず上達していない。
その気もない。ただ弾いている。それだけだ。
　　私はレコードに針を落とす。
偉大な詩人のロックンロールの名盤だ。
　　私は探している。怯えながら、
私から自由を奪おうとする影を、解放されることのない影を
手足を震わせ探してる。
妄想に呑まれそうになりながら、恐怖の影を探してる。

扉の向こう
　　其処は青い空間。
気の許せる人間と音楽と空気、
其処で泣いたり、笑ったり、怒ったりしている。
引き寄せられるようにやって来るんだ。
　　其処で私はいつものように酒を飲み、
疲れも知らず、踊り狂っている。
それを呆れ顔で優しく見ていた人間、
奥の椅子が失われゆく記憶を写し出す。
私はぎこちなく、赤い顔で笑っている。
満足している。
喜びに溢れている。
怒りにまみれている。
恐怖に気を取り違えている。
強迫観念に苦しめられている。
精神衰弱に陥っている。
落ち着きなく歩き回っている。
黙り込んでいる。
叫び声を上げている。
いつものようにごく自然に気狂えている。
其処には何もないけれど、
私はほんの少し優しい気持ちで夢見心地に朝を迎える。

face:1

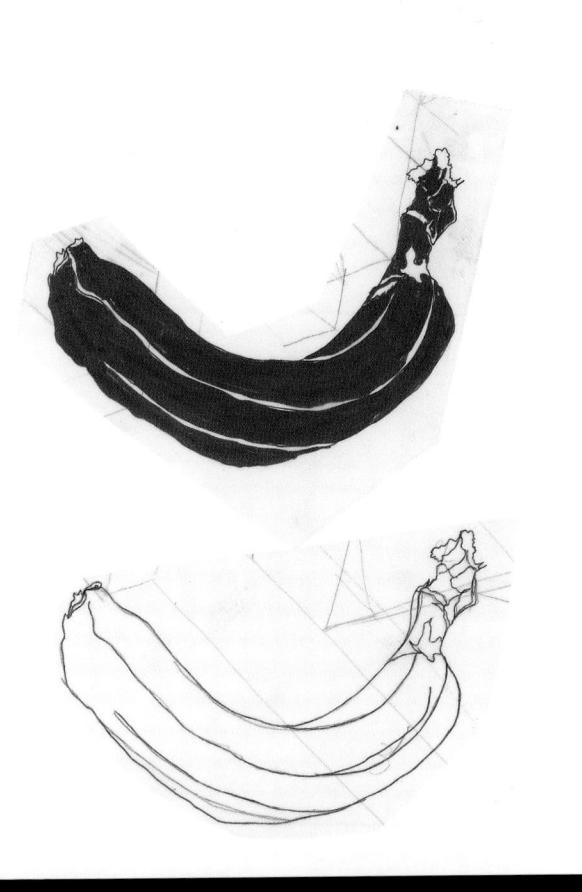

love affair
1999-2000

ある日の戯言：1

私の名前は瀧野宝子
極端な二人の自分の間をふらふらと彷徨う
自分に程々嫌気がさしてる

でも私は幸せ者
だって私を乗せて地球は回る
私の目の前で
数え切れない命が燃えて
私は息をする

この当たり前の光景が私は大好きで
この当たり前の光景に独り、密やかに感謝する

ある日の戯言

霧と忘れ物

昨日は雨が降っていた。
いや降ってきた。
だから傘は持っていなかったんだ。
私は歩いていた。
長い間歩き回った。
桜色の桜が一杯咲いていた。
灰色の雲の下で
桜と私、雨の中に。
私は歩く、桜は咲く
私は生きる、桜も生きていた。
階段を登った。
私高いところへ行った。
顔に氷がぶつかる。
痛くてたまらない。
空は青い、山は真っ白
大きな雲が浮かんでいる。
鳥は飛んでいた。
大きな翼で
風に吹かれていた。
私は歩く、鳥は飛ぶ、
風は吹く、雲は氷を、
私達動いていた。
別々の方向へと進みながら
私達動いていた。

ある日の戯言：2

私間違ってるのかな
誰か教えてよ
私に信じられるものは
この世に存在するもの
すべてに共通する小さいけれど
命あるものすべてを動かす力である
たった一つの絶えることのない光
それ以外何を信じろっていうの
誰か私を打ちのめしてよ
私に気付かせてよ
間違ってるって
私をどうしようもない
愚か者だと思うなら
変えてみせてよ

ある日の戯言：3

隣り合わせにある物が全く正反対になる
両極にある物には一つの原点がある
そんな時間に空間の中に存在し続ける
それ自体が私なのである

ある日の戯言

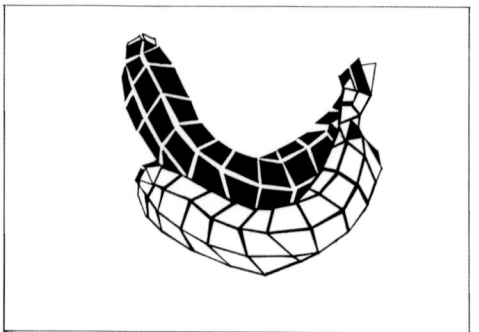

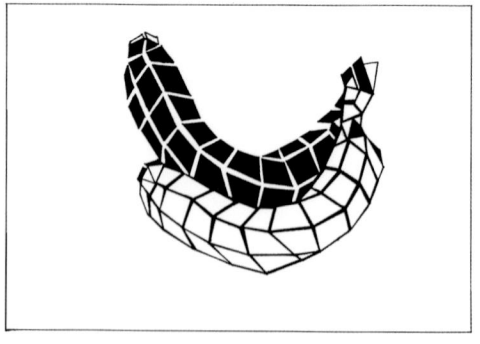

love affair 1999-2000

吐き捨てた夢のあと

視野が狭まっていく
情報量が減っていく
知識はちょっとだけ増えた
自分の目の前で
起こっていることにしか興味がない
否、そのことで精一杯なんだ
もしかしてここには
何一つ存在しないのではないか
初めから何も
存在しないのではないか
この世界の何処を探したって見つからない
私には見つけられない

何かが少し違ってる
でももう
私には分からない
だから教えてやってくれ
この馬鹿に
何を信じるべきか
正しい道ってやつを

ある日の戯言

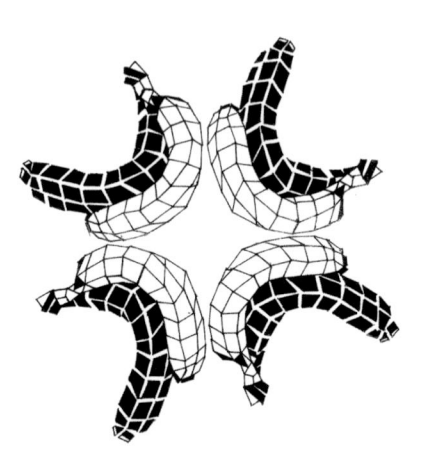

今日という日が死んでいくのを見届けた夜に

私、真っ赤に染まったビルの中にいた
とても綺麗な世界の中に
何だか凄く落ち着いた
何処か満たされていた
その瞬間時間は動くのを止めた

私、四階の窓から空を眺める
今日の空は何故か特別だった
大きな虹が架かったみたい
太陽が沈んでいく
時間は離れられずにいた

「こいつが死んでいくのを見届けないと
こいつは見せ物なんかじゃないんだから」

真っ赤な夕焼けは空が汚れている証拠
そう思ってた
でも違ったんだ
どこかが悲しかった

時間は動き続ける
私ただその命と向き合っていたかった
そして死んでいった今日の私に
さよならを言った

ある日の戯言：4

私にとって重要なことは
何処へ行くかじゃなくて
そこで何を見るか
何処にいるかじゃなくて
そこで何をしたか
今、目の前にある現実
そいつとどう生きるか
今、目の前にいる人間に
どんな表情で接することができるか

ある日の戯言：5

私の名前は
宇宙一の厄介者

分かってる分かってる分かってる

そんなことは言われる前から知ってる

何故口に出して言うか
何故そんなことを言うか

自分らに分かったら
ただの厄介者で済むのにね

love affair 1999-2000

終わらない悲劇を求めて

世界が終わるのを見に行った
たった独り
ちっぽけな島のはしっこへ
真っ赤な空の下に座って
地球が死ぬのをひたすら待った
静かに流れる時間の中で
死に行く海を眺めていた
暖かい風に吹かれながら
明日くる未来を抱き締めていた
はなさなかった
はなせなかった
穏やかな鼓動が響き渡る
目頭が熱くなる
涙は流さない
流せないんだ
すべてが消えて無くなりそうになったから

振り返った東の空の奥の方で
流れ星はこぼれ落ちた

in the middle of the beginning

大幅ねずみ色に染められた絨毯の片隅に、
七色の光が反射していた。
そんな日だった。
空から奇跡が舞い降りたのは
地球上の染み程度の人間は
目撃者となり
その奇跡を浴びた。
他の大勢は気にとめることもなかった。
しかし、地球は確実に体を震わせた。
小さく静かにだれにも気付かれぬよう。
(地球は日々繰り返している。小さな奇跡が起こる度、
　真ん中に赤く熱いトマトケチャップを隠し持って。)

かくして一人の人間は光を見たのである

love affair 1999-2000

in the middle of the beginning

疑問符

文字を書くのはもう止めようと思った
自分を正当化しようとしている気がしたから
誰かに押し付けたいだけじゃないのか
誰かに認めてほしいだけじゃないのか
＜沈黙の言葉＞は伝わらないんだ
だから
音をたてて御覧
人は集まってくる
音を聞くために
余計に惨めになっただろ
空しいだけだ
一番空しいのは
知っていることだ
分かっていることだ
それが無駄だと知らされた時
狂気に喰われることだ
分かってるのに

だから許せない
それでもものを作ることにした
今度はちょっと違う
自分に言ってやった
「馬鹿なお前にはそうすることしかできないんだ。
　不幸な顔して人の理解でも乞いやがれ」
自分の愚かさを笑い飛ばすために鉛筆を握る
笑い者にしてやるわ
もっともっと惨めになればいい

love affair 1999-2000

in the middle of the beginning

長い間、地球の引力による恐怖と平安の中で
時の流れがもたらす惰性と倦怠——。
成長とは許容だ。
生まれたての純粋さは失われた。
私は知り過ぎた。
理想の王国へ行くために
何の犠牲が必要なのか。
盲目の勇者は涙を流す。
光が彼に差し込み
戦場の憎しみに体を震わせた。
悲しみに狂った彼は道を失い
神の愛は遠く届かない。

生きることの重みとその命の浅はかさに
板挟みになった彼が求めるものは？

love affair　1999-2000

　毎日夕焼け空を見ていた。そんな季節があった。
死に行く太陽は何故か私を穏やかな気持ちにしてくれた。
空は広く、何層にも重なりあった色は感動的である。
黄金色の朝や深い青の昼、
入道雲の中の雷に満月みたいなオレンジ色の太陽
空は日々生まれ変わる。
全ての罪を呑み込んで。
月は静寂を照らし、暗黒が時を癒す。

本物の馬鹿になる方法

高いところへ登る
下が見渡せる
その優越に浸りながら
大きく息を吸い込み
空を踏み付ける

無音の世界、そこでのみ聞こえる声
ここにいるのは私

太陽に温められたアスファルトの上
理想に雁字搦めの革命家の亡霊が私を脅迫する

悪魔フェルディナンが海に太陽を浸すころ
私は賢者を一人吊るし上げ、見えない目を凝らす

二千年前に犯した殺人、今裁かれる時がきた
四角の箱の中、三人の番人が私を監視する

下らない
下らないものって何？
誰が下らなくするの？

私はもう一つ新たな罪を問う
自分自身に

誰もいない

in the middle of the beginning

　　沈黙　そこにいるのは私
　　　　　無意識の名のもとに
　　　　　下を向き、目を閉じたまま、金切り声をあげる

　　言葉　それは悲劇
　　　　　永遠なる私の捕虜なのか
　　　　　私こそが永遠なる言葉の捕虜なのか

　　使命　時を繋ぐこと
　　　　　瞬間は限り無く広がる宇宙
　　　　　全ての記憶の収納庫

旅に出ることにした
解放するために

感情を売り払い、日が暮れるまで歩き回った
生きるために

暗い海に体を浸すと空との境界線は静かに消えていった

感覚は蕩け、魂は解き放たれた
沈み行く太陽のように
魂に取り憑いた永遠のように
捕われた私の心のように

死んだ時代を想う

私の心の闇が慈悲深い一人の男を死に追いやったのです。
私の心の闇が残忍な殺人兵器を生み出したのです。
私の心の闇が非道な憎しみをはびこらせるのです。
私の心の闇が善良な精神を嘆き悲しませるのです。
私の心の闇が
この心の闇のせいなんです。
歴史上の争いは全てこの心の闇の中で起こったものです。
人々の憤怒も、倦怠も、絶望も
全てこの心の闇の中にあるのです。
私は感情を捨てました。
怒りや悲しみに呑み込まれないように。
同時に私の希望も信仰心も失われていきました。
私は意識ではなく、真実を探したのです。
自身の感覚を信じきれなくなったのです。
それは余りにも辛いことでした。
虚構と現実、その境目を必死に探しました。
この視点から逃れたいと考えたのです。
その度、激しい自己嫌悪に陥りました。
感情を捨て去ることなど出来ないのです。
分かりきったことでした。
私の心は再び怒りに溢れかえりました。
この怒りを打つけるべきものなどありません。
例えこれが善良な精神によって生み出されたものだとしても、
対象は必ず己の闇の中にあるのです。
何かを否定することなどしたくありません。
それは無意識の産物を作り出すでしょう。
この美意識と自尊心に傾いた観点自体が闇なのでしょうか。
今の私にできることは己を疑うことです。
世界への深い親愛すら不安の中で身を竦ませています。
私の心の闇は、疑い続けるのです。
問い続けるのです。
怯え涙を流すのです。
戸惑い生き続けるのです。
私はあとどれだけの罪を作ればいいのでしょうか。
どれだけの嘘をつけばいいのでしょうか。
どれだけ人を欺けばいいのでしょうか。
歴史も、記憶も、知識も全てこの中にあります。
私はこの重い荷を運び続けるでしょう。
行き先も知らぬまま運び続けるのです。

突然全てが消えて無くなるような不安に駆られる。
目が覚めた時、跡形もなく、自分の姿すら見当たらないんだ。
世界が一つなのはね、私達がそう信じているから。
地球が丸いのはね、私達が皆存在するから。
誰一人欠けることなくここにいるから。
この繋がりはとても強いんだ。
なにか一つ失えば、全てのバランスは崩れてしまうんだ。
人は皆信じているんだ。
太鼓の記憶を、時の流れを、昇る太陽を、明日くる未来を
だから地球は回り続ける。
でも私は不安になる。
人間の力なんてとても小さいからどんなに地球を苦しめたとしても、
地球は全てを呑み込んでくれる。
それどころか私達の傷を癒してくれる。
私の一番恐いものは私の心の中にある。
誰もが持つそれがこの世界を支配してしまった時——。
人を殺すのは武器なんかじゃない。
人を幸せにするのは音楽なんかじゃない。
それを生み出す人の心なんだよ。
私はそう信じている。
言葉じゃ説明できないね。
私を強く動かすものなんだ。
とても神秘的で暖かい、私のすぐ側にある。
ほら、こんなにも優しい気持ちにしてくれる。
穏やかで儚い魂の声
私を絶対的存在にしてくれる。
迷いも不安も感じない。
ただ涙が出るんだ。
この気持ちが強すぎて。
どうしよう、どうしてこんなに不安になるんだろう。
何かとても嫌な予感がする。
凄く恐い。
恐くてたまらない。
何かとても重要なものが時間をかけて少しずつ
個人的なことなのか、そうでないのか、凄く恐い。
耐えられないくらい。
悪い予感がするんだ。
私の力じゃ太刀打ちできない。
悪い予感なんだ。

love affair　1999-2000

引っ越しの準備程空しいものはない。
私は何を捨てればいいのか。
何を捨てるのか。
とにかく酒だ。
ウイスキーを流し込め。
それで救われる。
嘘だ。
何一つ始まりはしない。
何一つ終わりはしない。
何も変わりはしないんだ。
私は何処へ行くのだろう。
取り戻せない。
期待もない。
何も始まらない。
何も終わらない。
何も失わない。
何も見付けやしないだろう。
私の中に大きな喪失感がうまれるのは何故だろう。
私にはもう叩き付けられた分、跳ね上がる
そんな力は残ってない。
叩き付けられたら最期、
死ぬだけだ。

バイバイ糞塗れの地球人

in the middle of the beginning

love affair 1999-2000

都市は人をコンクリート詰めにする。
自らの声に耳を澄ませたところで
溢れ出る情報は
代弁者の顔してやってくる。
溶け出したアスファルトは
油の臭いを漂わせ
フライドポテト人間の
大安売りを企てる。

in the middle of the beginning

人なんて信じるな
誰一人信じるな
殺るか
殺られるか
中学生の時学んだ教訓
家族を殺せ
友人を殺せ
警官を殺せ
政治家を殺せ
ピアニストを撃て
詩人を死刑台に
ギタリストには拷問を
カンバスは海に
10代は電気ショックで
20代は監禁しろ
30代には神の怒りを
40代には銀貨を喰わせろ
50代には対立を
60代には悪魔の呪だ
サキソフォンの墓を掘れ
愛する人に銃口を向けて
私は死ぬの
この体が憎しみで溢れかえる前に

love affair 1999-2000

何故争いあう必要があるの
本当に向上心があるのなら
対立よりも協力を

in the middle of the beginning

どんなに素晴らしい政策も
いつかは錆び付いていく

親愛なる革命家の魂よ
理想に取り憑かれた男
社会主義の牢獄から
抜けだせなかった
彼の理想は大勢の人を犠牲にし
大勢の人に希望を与えた
彼の功績を皆は称え
今彼の理想に息苦しさを感じる
同じことが繰り返される
政治的理想は解決を生まない
新しい秩序で互いを監視しあったところで
本物の自由も平等も遠ざかっていくだけだ
全ての罪は人間の心の闇から生まれるんだから

親愛なる革命家の魂よ
あなたは素晴らしい革命をした
方針なんかじゃない
対策なんかじゃない
私達の心に大きな何かを残した
人間として
人間臭く
私達は覚えている
そして語り継いでいくでしょう
あなたが残してくれたものを

love affair　1999-2000

神？
　　　　　　　　　　　　死んでいった全ての魂

生きる？
私？
　　　　　　　　　　　　私は生きる

感謝

私は時を繋ぐ
　　　　　　　　　　　　神々の記憶を

それが私の義務
　　　　　　　　　　　　生まれ来る命のため

私に分かるのはその程度

私を守ってくれる
　　　　　　　　　　　　たくさんの不思議な力

感謝しています
　　　　　　　　　　　　どうか私を導いて下さい

私はもう自己にも他者にもなんの希望も持ちません。
エデンの園など空想に過ぎないのです。
理想の王国は死んだのです。
争いは人々の暮らしを豊かにするでしょう。
蔑みは人々に喜びを与えるでしょう。
人々は罵りあい
決して手に入れることの出来ない安息を夢見るのです。
幸福は物質に喰われそれを求める人々でこの世は溢れかえるのです。
私はもう疲れました。
私の義務などいまや自身の欲の産物へと形を変えてしまったのです。

あなたの側へと参ります。

私にはそんな力もないでしょう。

　　　　　　　　とんだ笑い話だ

in the middle of the beginning

思いつく限りのしかめっ面をしてやろう。(A・ランボオ)
思いつく限りの空しさを手に入れるために
私は敗北者だ
笑いたきゃ笑うがいい
あなた方のその優しさと無神経さに拍手を送るわ
時代が私達の頭を砕こうが
体を食い荒らそうが誰一人悲しむ必要はないんだ
(誰一人悲しんでないわな、そりゃ。私の妄想。そんなこともない。
　自覚できないだけか。だから罪を犯す。
　悲しみの自覚は罪悪感の次に来るものだ。)
誰一人罪に問う必要はないんだ
誰一人としてね。

私は立っている
悲しみの罪人の前に
悲しみの支配者の前に
悲しみの神の前に
悲しみのあなた方の前に
私は立っているんだ
悲しみの私自身の前に

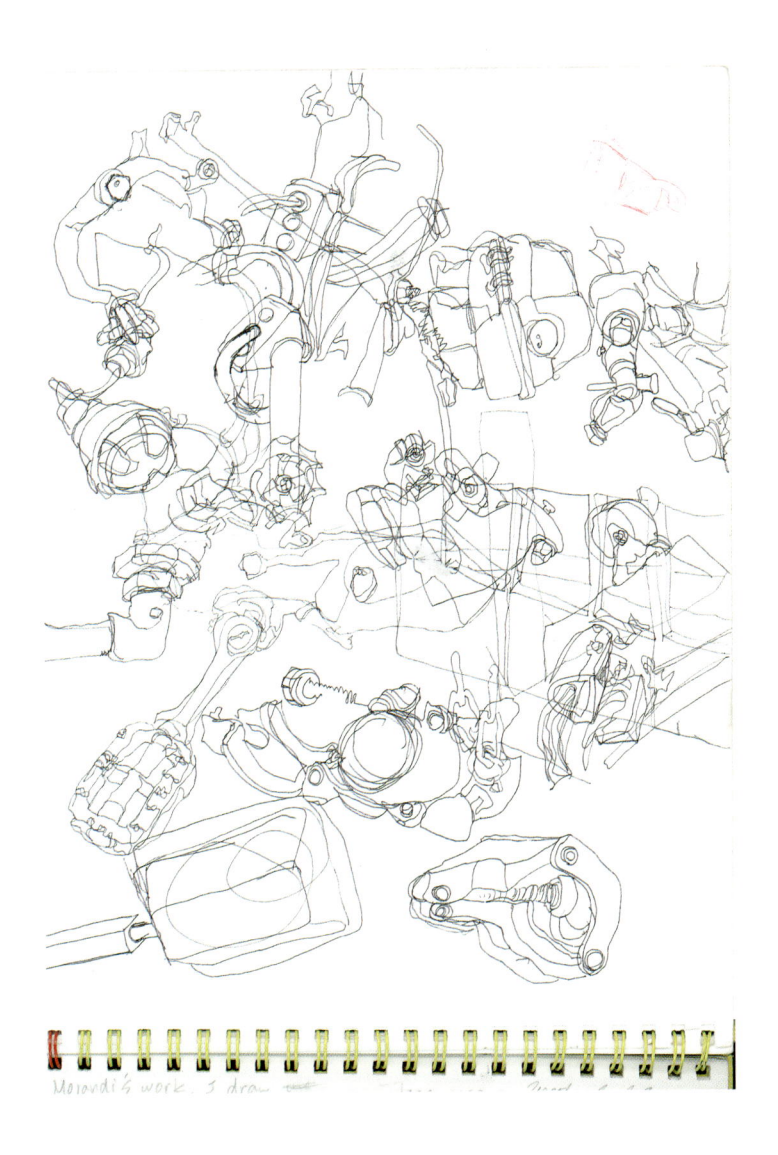

love affair 1999-2000

手紙：1　自己弁護の巻

この前はな、どうしても会いたかったんや。
なんか救われる気がして。実際そうやし、家帰ったら部屋も喜んでた。
そういうもんやねん。人との関わりで部屋も空気も顔色変える。
そんな時凄く嬉しい気分になる。人って凄いんや。凄い力持ってる。
だから私は動くんや。それがゲバラを動かしたもの。
革命って名前の狂気に取り憑かれた人間をね。
彼の理想は大勢の犠牲と共に人の心を動かして解放した。
ほんで今、その理想に人々は息苦しさを感じる。
何かを成し遂げる為にどれだけのものを犠牲にせなあかんねや？
このへんで止める。

　私がFac辞めたのはね、ほんとに個人的な問題。
正直生きるってことに限界感じたから。何処行っても何をしてても同じ。
今は何も出来ない。バイトも辞めた。
人から何て思われようが、私にどれだけ責められようが、無理。
ほんまにもう精一杯やねん。限界。
もう何を夢見ればいいかも、何処に向かうべきかも分からへん。
これ以上どうやって自分を追い詰めたら、
人の中で生きるに値する人間になれるのかも。
この言葉を発するまでにこれ以上どれだけ自分を咎めればいいのかも。
他人をどれだけ誤解させれば私の気は済むのかとか。
なんでこんなに悲しいのかとか。
理想の王国はね、
存在しないんだ。きっと。
腹黒い私が求めるものだから。
そう思わないともう希望も持てなくなっちゃう。
人と喋ってて、無神経に笑ったり、そんなことできないよ。
そう、面白くない人間。それだけ。
人の間にいることにも限界感じたんや。仕方ない。
だから人避ける。人を楽しい気持ちにしてあげられないから。それだけ。
物心ついた時からそう。
見透かしてしまううえに、そのことで傷を抉られる。
せめて分かりきった顔でべらべら無神経に吐き出す人種になれれば。
土足の他人を私の中に野放しになんてしないのに。
全くもって惨めな道化。
それでも人とは正面向いて接してきたわ。
そのせいで人は都合良く私をはけ口にする。
何いってるん私。最低。
いろんなことに深入りしてしまうんやね。見えてしまうんやから仕方ない。
糞。これ以上自分に何も言わせたくない。そんな気力もないしね。

love affair 1999-2000

私は再び怒りを吐き出す。顔をしかめ、大声で口をあけ、
金属の残ったマグニチュードは涙を流す。
遠く昔は、忘れさられた声は、弱々しくきこえない。
旗を挙げよ。
それが、あなた方の言う言葉なら、この体を悪魔に捧げよう。

Takeshi
Gonnokami

29

手紙

自分のこと喋ってると吐き気がする。
結局は何も見えてないんだ。理屈ばっかり。
それが私を信頼できない理由。
でも一個だけ言える。私を糞人間に仕立て上げたくだらん戯言のこと。
この世界には罰するべき罪なんてない。あるのは悲しみだけだよ。
青っぽい愛情の悲しみなんだ。そいつを許すことで人は成長する。
それが人の優しさ。
だから私は人が好き。
人がね、純粋さを失うってそういうこと、知ること。
そのうえでどれだけ目を見開いていられるか。
たくさんの悲しみが怒りや憎しみを生むとして、私にその傷をほんの少し
和らげることはできへんねやろか。
それどころか、自分すら信じれない。違う。
自分を許すことは出来ない。
だから他人を許すの？
違う。
そういう問題じゃない。
もう言えない。

　パティ・スミス聞いて下向いた。
微かにお香の匂いがした。
シャンブルが懐かしい。
金沢はあったかい。
自分が惨めに思える程。私は許せなかった。恐かった。
私は後どれだけ人を欺いて生きるのか。
抜けだせないでいる。自分のトラウマって奴から。
これでも過ちを恥じることくらい出来るからね。
それもトラウマになる。そこまで追い詰めないと気が済まない。
一体何様気取りなの？
そう一体何様気取りか、私は背負い込んでる。苛立たしいくらいに。
違う。私だけじゃない。皆がそうなんだよね。
だから口に出しちゃいけない。誰もが傷付いているんだ。
皆大好きなんだ。この世界の全てを。意識での自覚はないんだろうけど。
私だってそれくらいのことは知ってる。自分のこと以上にね。
誰のせいでもない。
私にはもうこの世界の惰性も人々の倦怠も
それこそがきれいごとに思えてしまう。
記憶から逃れるために金沢に行った。
その罪の意識に耐えかねて大阪に帰った。
そういうこと。だから気が済むまで追い詰めてやるわ。
私が私のためしてあげられることはそれくらいしかないから。
救いようのない馬鹿の哀れな道。でもきっと私は進んでいく。
今は何も分からない。

love affair 1999-2000

手紙

love affair　1999-2000

私は黒なのね、今の私は白を失った時の黒。
守りたかった。恐かった。壊れてしまいそうで。
憎しみが憎しみを生んで、人は罵りあう。
ボタン一つで多くの命は左右されて、
権力は人間の価値までをも支配する。
分かってるよ。そんなもんじゃない。でも恐かった。
地球はこんなにも大きくて側にいるのにね。
知ってる？
兎は独りぼっちになると耐えられなくて死んじゃうんだよ。
いつでも月がすぐ側にいるのに気付けない。
私達もそうすぐに忘れてしまう。
そんな時悲しみは私達になにをもたらすのかな。
地球は大きくて強い。それはきっと私達が信じているから。
だからもしもそんな力を失えば簡単に壊れてしまう。
私は恐かった。
偽善的で押し付けがましい、
一人じゃ何も出来ないちっぽけな人間なんだ。
理解されたい、必要とされたい、愛されたい、そう願う。
きっとそれだけ。何も見えてない。
いつか本当の意味で白の存在を認めることができるのかな。
きっとその時初めて人前で後ろめたさを感じなくなるんだろうね。
ちょっと喋りすぎたみたい。

　幸運を呼ぶ鳥は玄関でひたすら待っています。
花ちゃんはサンを思い哀しそうな顔をします。
でも大丈夫、花ちゃんは知っています。
サンが幸せに暮らしていることを。
今日はTVでゴダールの決別が放送されます。
ビデオの準備はばっちりです。
週末は映画を見に行きます。
映画館は徒歩七分。
patti smithのgung hoはいまだ買えずじまいです。
古本屋でbeat punksを見つけました。
でも、andy warholはあまり好きでありません。
時間は止まったように流れ、私は慌ててついていきます。
そして喫茶店で時間と仲直りのコーヒーを飲むのです。
SMさんはもうすぐもうすぐ京都に旅立ちます。
私は何も変わらない毎日をおくるでしょう。
そして、時々思い出しては寂しくなるのです。
街は何一つ変わらない顔で私を取り残していくでしょう。
何故か、胸騒ぎがします。
嫌な予感がするのです。
全てが形を変えはじめ、私の足もほんの少し軽く歩き出します。
そんな日々の中手紙を書きました。
サンは何時でも眠ったように笑っています。
子象楽しみにしています。
ではサンによろしくお伝え下さい。

手紙

手紙：2　贅沢人間の巻

　SMさんと24と京都にレコード買いに行った。
うちらの目当てはピール・セッションズもの。
店員に邪険に扱われる三人。いつもそうや。
＜懐メロ＞聞いて何が悪い。
ひどい話やで。まったく。
しかし安かった。

三人でスタジオ借りて遊ぶねん。
バンド名はバーバレラやで。阿呆やろ。

　24はイン・ユーテロが切っ掛けで電気ギター、
私はアンプラグドで木のギター始めてんけど、
未だに毎日景気づけに聞いて泣きそうになる人間二人。
泣くもんな、体痺れんもんな。とか言っててん。
当時の衝撃以上のものに出会えないのは、
自分の感覚が鈍ったんか、それとも？って話をした。
24はニナ・ハーゲンに同じような衝撃を受けた。
その馴れ初めにちょっと関係を持てたことを誇りに思う。
（私はパティにその衝撃を受けた。）
そんな気持ちを素直に持ってる24は私の不安も肯定してくれる。
二人していかに無駄を削ぎ落として直球勝負するか考えててん。
　SMさんは本当に純粋な人。私に自信をくれる。
本当に純粋な人。
それは一般論じゃ語れない純粋さで世に言われる無知な生物、純粋な人
というのとはだいぶ違う。
言葉にすることってもしかして、凄く大事なことかもしれないね。
そんなこと感じさせてくれる。
一緒にいろんなところに行った。
森とか、川とか、公園で遊んだり、夜桜見たり、
そうお伽の国にも行った。
いつも路頭に迷ってる気もするけどね。

　こんなこと考えると自分の中の不安や疑問もちっぽけでくだらない
ことに思えてくる。

　　人から与えられるものは本当に多い。
それに知らず知らず動かされ、私は生きる。
太陽がアスファルトを温めるみたいに、
当たり前なのに何だか嬉しい気持ちになる。
生涯をそんな気持ちに捧げたいって思うことは
やっぱり贅沢すぎることなのかな。

私には選択肢がない。頭が誰よりも単純に出来てるから。
私にとって現状はきっと一番の手段なんだと思う。
それ以外は無に近い。どんなことも同じ回路でしか考えられないから。
割り切れない。きっと脳味噌わかれてないねん。
お姉ちゃんにあんたには何言っても無駄やって言われた。
言ったら言ったで私に気遣うやろ。って
私もそう思う。私の頭じゃ人の言うこと消化出来ない。
苛々する頭。
自分のこと話してこうやって人を黙らせてしまうんだ。
私はすぐに間違えるからね。
人の言葉を無駄にしてしまってるんじゃないかって不安に思う。
それだけならまだしも、
実際そうやって人の親切を撥ね付けてるんじゃないかって。
許せない。
ほんでもって、
人に導かれたいなんてちょっとでも考えた時なんて腹煮えくり返るわ。
許せない。
だから黙る。
自分の馬鹿に人をつきあわせたくない。
ほんで黙って距離おいて人を不安にさせる自分も腹立たしい。
キーッってなるわ。
ご免。なんか喋りたかってん。
こうやって自分の現状を肯定しようとしてんのか？
黙れ。馬鹿。
苛々する。
私事ばかり延々とすんませんな。
ほな。

love affair 1999-2000

自己犠牲の英雄の悲劇

ヘイ、パティ
拳銃持って何処へ行く。

詩人は声高に吠える。

革命家、彼の理想に取り憑いてやろう。

全ては沈黙によって覆い隠された。

the mummy in my pocket

もう一度言葉を取り戻そう。
今までのとは違う。
私の物語だ。
私は再び再びペンを握りしめ
汚らしく
馬鹿馬鹿しく
悲劇的に
皮肉を言おう。
言葉など
初めから
失われている
私の
＜自己＞
という偏見を
その捕虜となった
醜い個体を
愚かしくも
見せつけてやるわ。

love affair　1999-2000

多くの犠牲と多くの感謝と共に
ラム酒でもいかが？

悲しみは人間の優しさそのもの
それが傷つけられた時生まれるんだ。

沈黙の始まり

the mummy in my pocket

　　私は待っている
　　流れる空間の中で
　　期待はしない
　　時は過ぎ去った
　　記憶の中で私は誓った
　　胸を張れる日が来るまで
　　罪悪感を投げ捨てる
　　そんな日が来るまで
　　待ち続ける
　　私の酬いだ
　　私は生きる
　　自分を追い詰める
　　影のように
　　人の光を形にする
　　影のように
　　存在は自己から
　　解放された
　　影のように
　　期待はしない
　　時は過ぎ去った
　　答えが一つ
　　私は体を震わせる
　　神様がいたとして
　　あなたは私の人間性まで
　　奪うおつもりですか
　　私は待ち続ける
　　不安は命を征服する
　　影のように
　　自分を追い詰める
　　影のように
　　光を見つめる
　　影のように
　　期待はしない
　　時は過ぎ去った
　　答えが一つ
　　私は耳を塞ぐ
　　私は待ち続ける
　　全てを許す日が来るのを
　　私は待ち続ける

　白黒はっきりさせなければいけない時がある

love affair 1999-2000

the mummy in my pocket

趣味ってなんだろう
歓び、張り合い、好奇心、その対象とは
音楽、文学、映画などとの衝撃的出会い
自己と他者の接点の認識
表現者として生きる人間
人間として生きる人間
消費生活
集団の中の自己
個人の中の自己
組織の中にある優越
対象とは盲目的存在である

私は私を許さない

全ては贅沢すぎること

幸福は罪悪感に喰われ
幸福は罪悪感に喰われ

私は罪の意識に首を吊る

love affair 1999-2000

何故私は私を問うか

自分の中に弱さがあるから
そいつが私を問いつめる

弱さの可能性
限界は認めない

それが強さの可能性

the mummy in my pocket

価値観の違い
言葉にすればそれだけのこと
口実
無関心でいるための
そんな理屈の一つや二つ
覚えたところで
何も変わるわけないやろ

love affair 1999-2000

本物を奮い立たせる限り無い偽物
偽物を追い詰める限り無い本物
それが私である

全ては偽物であり本物の顔を持つ
全てが本物であり偽物の服を着る

放射線状に広がる光の上
彷徨い続ける人間は
捕われた体を恨む
流れる血に魂を求め
解き放たれた感覚は真実を掴む

もしもこの魂が解放されたなら

私は何処へ向かうのか
私、沈黙の中にいる

沈黙に追いやった私
沈黙に笑う私
沈黙の悲しみの私
沈黙に死んだ私
沈黙の怒りの私
沈黙の悔恨の私
沈黙を喰う私
沈黙の友愛の私
沈黙に生きる私
沈黙の混乱
沈黙の恐怖
沈黙の信頼
沈黙の孤独
沈黙の重荷
沈黙の許容

残された愛情と絶望の全て

the mummy in my pocket

新品のレコードプレーヤー
銀色の
回るレコード
なんだか不思議で
目で追います
ドラムは鼓動
ベースは血液を送りだし
ギターの張り詰める緊張感の中
しゃがれ声は踊る

ピンクとフロイド
２匹のネコは道を失いました
真っ赤な犬が現れて
私の隣に座ります
私は言葉を失いました
泣くことも
笑うことも
遠く昔の忘れ物となり
探し疲れた体は
途方に暮れました
２匹のネコはすれ違い
涙を流すのでした

love affair 1999-2000

the mummy in my pocket

love affair 1999-2000

言葉の奥に葛藤が
言葉の奥に戸惑いが
無限に広がっては
攻めて来る

the mummy in my pocket

love affair 1999-2000

瀧野宝子取り扱い説明書

特技：人に笑われること

笑わせるんじゃない
笑われるんだ
馬鹿みたいな顔をして
ちょっと遠くで笑われる

情けない

でも気をつけて
同情は禁物だ
一歩踏み込んだら最後
混乱の渦の中から
足引っ張って
巻き込んでやる

抜けだせない苛立ちに

the mummy in my pocket

love affair 1999-2000

四次元ポケットを飲み込んだ
決して消えることのない
四次元ポケットを飲み込んだ
無限の可能性を包括する
四次元ポケットを飲み込んだ
誰一人知ることはないだろう
四次元ポケットを飲み込んだ
計り知れない恐怖のような
四次元ポケットを飲み込んだ
そこには誰も見あたらない
四次元ポケットを飲み込んだ
ミイラとりはミイラになった

遠い昔の記憶

the mummy in my pocket

wien Naschi8

face:2

fariytales are
rocking about on
the earthbeat
2000.8/9-11/9

**fairytales are rocking
about on the earthbeat**
2000.8.9-11.9

2000.8.9

沈黙って奴の胃袋に飲まれて、一年は経っただろうか。
私は逃げ続けている。
人間のいる現実から。

「この背景も随分変わったものだ。街は高速で変化する。
時代は何故こんなにも早く移り変わるのだろうか。
私はこの五年間同じ服を着て、同じ髪型をし、同じ靴を履いて、
同じ道を同じ場所へ向かって、何一つ変わらない環境の中で、
めまぐるしく移り行く感情の置き場所を探した。」
高校生の私は嘆く。

その置き場所をアートという言葉に転化させた。
ちっぽけなテロリストみたいに、罪悪感とその苛立ちを抱えて、
勇敢に愚かしく、抑制された時代の中で、
権力者の腹の上で、知識人の腫れ上がった口の前で、
個人主義の教祖様に祈りを捧げたものだった。
私は信じていた。
アートとは自己と他者の接点であり、それ自体が生命である
＜よくも悪くも＞第六感の次元でのコミュニケーションであると。
装飾的でも難解でもない。
他者と共有することで成り立つ純粋なものである。
私は生への愛情そこにある普遍性にアートという言葉を重ね合わせ、
その可能性を夢見ていたのだ。
戦場に爆弾を抱えて突っ走る独りよがりなテロリスト、
組織から人間性を奪い返すために、自由を勝ち取るために
この気違えた時代の戦場を、
怒り、拳を握り、身震いをして、進んでいった。
その先の自我の存在を知りながらも。
そして今
沈黙の中で彼女と直面し、拷問にかけるちっぽけな人間は
自身から解放されることなく混乱し続けるのである。

8.9

fairytales are rocking about on the earthbeat 2000

この物語りを
これまでに出会った人達
まだ見知らぬ人達
死んでいった人達
夢で見た人達
そして、愛する人達
すべてに捧ぐ

tomiko takino

2000.8.11
a black seep got lost

コーヒーを一杯、私は煙草に火をつける。
とんでもなく長い一日だ。
相変わらず恐ろしく不安定な精神状態の中で悪あがきをしている。

　「言葉を取り戻して！」
　『罪悪感から逃れるため？私に補足を付けろって言うの？
自分を肯定するために？』
　「違う。あなたを救いたいだけ。この混沌の中から。
沈黙では何も解決しない。状況が悪化するだけよ。」
　『沈黙は私に確信を与えてくれるわ。言葉は捧げるべきもの。
自己満足では空しすぎるの。』
　「美意識に過ぎないわ。現実を見なさい。」
　『私に何を求めろって言うの？勝利と名声？個体としての尊厳？
それとも表現者としての優越かしら？私は醜い小さな人間。
当然のことをしたいだけなの。太古からの記憶の集合体であるこの体は
時空間を繋ぐ媒体として存在する。
この声は虐げられた人々に捧げ、
人々の悲しみはこの口で呑み込んでやるわ。
この傲慢な精神が私を沈黙へ追いやった。
そう美意識に満ちたこの精神がね。』
　「あなたは求めているの。表現者としての成功を。
認められたいだけなのよ。自分の能力の足りなさを否定したいだけ。
すべてはアートっていう美意識に雁字搦めになった体への
言い訳じゃない。」
　『下らない。アートなんて言葉に惑わされたことも、
憧れを抱いたことだってないわ。
ロックンロールだって私の心を支配することは出来ないの。
そういった願望が心の何処かにあることは否定しない。ただそれは
欲求の対象にはなり得ないの。個性も特性も何もいらない。
そんなもの囃し立てられたところで不信感に殺されるだけ。
完全に正気を失ってしまうわ。
飾り立てるのも、弁明するのも、もう全てうんざり。
私の知識も能力もくれてやる。それで満足かしら？
すべてを失ったところで笑ってみせる。あなたは知るでしょう。
人間って奴の重みを。それは知識や能力なんかじゃ測れない。
このちっぽけな生命の重み。その時初めて私は言葉を取り戻すの。
もう一度この重みを実感できた時、疑いを捨てて声に出す。
あなたには到底理解出来ないわ。私の言葉をね。
だから私は沈黙に潜り込む。
沈黙は私の怒り、そして残された希望、生命の根源にある時空間。
取り戻すことは出来ないの』。

「そんな理屈が通用するとでも思うの?」
『理屈? 確かにそうかもしれない。
でももっと単純なことよ。あなたには同情を送るわ。』
「私から逃れられるとでも思う?
あなたにはもうそうやって諦めることしか出来ないのよ。
一生嘆いてるつもり?』
『私に無神経に貪欲に生きろって言うの?』
「何故そんなふうにしか考えられないの?」
『これは可能性の一部に過ぎないわ。
実際私はあなたと話をしているじゃない。』
「でもあなたは答えを出している。
それは沈黙なんかじゃない。ただの自己防衛よ。
あなたは私への優越感から確信を見出そうとしているの。
私はあなたの可能性、あなたの限界。
個人の感覚からは逃れられないわ。
その不信感から自らを卑下したところで真実は遠ざかるだけよ。」
『でも真実が必ずしも最良のものとは限らないわ。
正義を行うために犠牲をはらって、
果たしてそれが正義って言えるかしら。
疑うべきは自分自身なの。
虚偽を認識するのはこの罪深い存在。
否定は解決を生まない。
何かを打ち崩したとしても同じことが繰り返される。
全てはあるべくしてそこに存在するの。怒るべき事実もね。
人は皆愛情深く壊れやすい存在なのよ。
だから罪を犯してしまう。
悲しい宿命ね。
せめて私にできることは
諦め、純粋さを失っていく魂の痛みを共有することだと思うの。
その背にアートっていう美意識に似た神経質で優しい存在を
背負ってね。決してネガティヴなことではないわ。』
「あなたも悲しい宿命を背負った人間の一人。そうでしょ。
マザー・テレサにだってなれやしないじゃない。」
『口では何とでも言えるし考えることもできる。
でも、もうどうしていいかわからないの。
だから私は許せないの。自分自身がね。
形にしたところでそれが一人歩きをしてしまう。』
「あなたはあなたの情熱を興味本位に囃し立てる人々の間で
息苦しさを感じている。
自身の能力に疑問を抱き、更には人々に対し失望する自身の高慢に
罪悪感を募らせている。
無意識のうちに他人を拒絶し、宿命と希望との間で悲観しているのよ。
取り戻せないんじゃない。ただ混乱しているの。怯えているのよ。」

8.11 a black seep got lost

『それが余計だって言うの。自我って奴が。
抜けだせないの。許せないのよ。
私が欲しているのは安心。疎外感から解放されたいの。
他人への罪の意識から私は夢見るようになった。英雄をね。
自分を蔑むことでのみこの世界と調和できるのよ。
自己嫌悪は私にとっての手段なの。
そんな自分に苛立ちあなたを空想の世界に生み出した。
生き続けるために。私が戦うものは外界には存在しない。
それを知ったの。それでも私は戦い続けなければならない。
生きる手段として。常に何かとんでもないものが私につきまとう。
まるで異星人かのように私は取り残されていく。自分自身に。
許せない。自分のことは絶対に許せない。
一生かかってもこの世界に共感なんて出来ない。
簡単に馴れ合う人々には恐怖すら感じる。
そしてこの魂に軽蔑を。
それでもこの世界への執着を捨てきれず生き続ける。
明日生まれる太陽に挨拶したくて、
明日出会う人の存在に感謝したくて、
時空間の媒体としての使命を全うするの。
たとえ、沈黙が私を食らおうがこの使命を奪うことは出来ないわ。
生命力は皆に与えられた平等な力。
何もなくたっていいじゃない。
私はその力を信じたいだけ。』

引き分けの二人の腹立たしい問答

fairytales are rocking about on the earthbeat 2000

2000.8.14
a rabit has be in love with the moon

久しぶりの満月だ。
確か前の満月はアパートの窓から皆既月食が見えた。
あれから何日経ったんだろう。
懐かしい音楽を聞きながら、遠くの月を想う。
もう物足りなさは感じない。
ほんの少し悲しい気持ちがするだけだ。
兎は耳をピンとたたせてたたせて、楽し気に私に話しかけた。
そして行ってしまった。
私をおいて。二度と戻らない。
音楽は途切れる。
混乱が再び訪れる。月は時を満たす。
私は立ち止まる。
全身が痙攣を起こしている。
嫌な予感がする。
夜の闇に這い上がり、光の穴に飛び込んだ。
失われた空間に辿り着けるような気がした。
もう言葉は必要ない。
時間は永遠となり、永遠の時間は優しく、私は取り残された。
心臓は刻み続ける。
記憶と妄想とを。
兎は行ってしまった。
ひびの入った壁の隙間を。
私は遠く昔の時間を彷徨う。
未来の記憶にどうしようもなく彷徨いながら。
満月は薄っぺらい雲の下、待ち続ける。
黄色い光のこぼれ落ちる、真ん丸い顔をして。

2000.8.15
the man who fell over mars

:hallucination
大きな虫が這い回る。
金色に光る不思議な虫だ。
真っ黒な体で一秒間におよそ十回転、
一ミリもその場所を離れずにやってみせる。
まるで花火のように、
最近はあの奇妙な生物に愛着が湧いてきた。

虚無に圧迫される。
説明出来るものではない。
そいつは虚無で何一つ私に告げたりはしない。
脳味噌が痙攣を起こし、血管は収縮する。
体は固まって意識は叫び出す。
そいつに襲われる度私は死を想う。
意識を奪われないよう
そいつに立ち向かわなければならない。

8.14 a rabit has be in love with the moon

Tomiko
Takino
Locked
down
~~2000~~
1998

2000.8.23
holly the cafeterias filled with million

ヘイ・ジミ
拳銃持ってこの軟弱な魂は何処に行くんだ？
教えてくれ。

不安は混沌をもたらす。
私が遠く昔へ投げ捨てたもの、その答えがこれなのだろうか。
私が望むものは全てこの手で奪い取った。
残された身は腐り行く。
私は亡霊だ。
もう二度と人前に姿を現すこともない、死ぬことも出来ない。
私は何とも惨めな顔を持つ亡霊である。
都会を彷徨い、飢え、
決して辿り着くことのない理想の王国を夢見た亡霊だ。
いずれこの希望は尽き果てて魂は神に召されるであろう亡霊だ。
時間の中で空間の隙間で
息絶えた天使達の優しさに涙を流す亡霊だ。
体が蕩けもはやあなたに笑いかけることも出来ない亡霊だ。
太陽は日々私を焼きつけ、私はその美しさに飛び込んでいく。
アスファルトの温もりに喉を乾かせ、沈黙の歌を歌う。
戸惑い、苛立ち、罪悪感で己を吊るし上げる。
全ての感情を捨て行こう。
言葉は邪魔だ。
主観に取り憑いた肉体は三途の川に投げ込もう。
これ以上の苦痛があるというのか。
地獄の中に生き続け、行き場を失った魂は、何処へ向かうのか。
私にほんの少しの共感と大いなる感謝を
与えてくれた人々に対する最大の仕打ちと知りながら、
何処へ向かうのか？
自身への裏切りか本質か分からないまま進まねばならない。
ただ私を動かす愛おしい時間の上に乗っかって。

8.28 the hipster be-bop haniwa rock

Tomiko
Takino
Looked down
2000

2000.8.28
the hipster be-bop haniwa rock

もうすぐ九月だっていうのに異常に熱い。地球の軌道上何千年に一回っていう日照りらしい。(よくは知らない)
来年当たりがピークで、それから何千年に一回っていう寒気に向け地球は回り続ける。

     世間で歌われている温暖化現象が伴って
      熱帯夜が続いております。ただでさえ
       寝つきの悪い私は疲れ果てて、意識
      が無くなるのを忍耐強く待ちながら、
     己と格闘する毎日であります。ともあれ、私、
    瀧野宝子、全力をもってこの星を回しております。

早く冬の寒さに凍えたい。入道雲に別れを惜しみながら。

 去年のことだ。絶望に面汚した少年がやってきて、私に空に浮かぶ王国の話をした。私達はぼろアパートの屋上によじ登り遠く高い空の大きな入道雲を見上げた。夕日に照らされ深い陰影をつけた雲の中で雷は光る。音は聞こえない。彼は見た。確信を。そして私に笑って見せた。私は辿り着く術を探した。
 景色は無常に時は儚く、闇は雲を食いつくす。大きな空しさと、大きな笑顔で私達は靴底にアスファルトを踏み締めた。

夜は長く、闇の恐怖に私は困惑する。
コンクリートは私を閉じ込め星の光は届かない。
もうすぐ月の季節がやって来る。ほんの少し切ない季節だ。
そして秋。秋は変化を運んで来る。精神の旅立ちの時だ。
取り憑かれたかのように盲目的で悲劇的な旅立ちだ。
人生に於ける悲劇とは滑稽で痛々しく愛らしいものだ。
11月は誕生の月。そして死の月。暖かく冷たい太陽が昇る。
季節は巡る。大きな入道雲が一つ、高い空に浮かんでいる。電車は川を渡る。飛行機は飛び立った。余りにも小さい体を持ち上げた。何だか泣き出しそうだ。悲しくて優しいそんな気分なんだ。一つの雲の感動すら伝えられなくなってしまった自身を想い哀れみ、苛立ち、巡る季節を追いかける。私は表現者：恐ろしく愚かしい言葉だ。であるが故に沈黙を守り続けるのか。自覚と懐疑、その繰り返し。その過程が沈黙なのか結果がそうなのかは分からない。ただ沈黙は純粋性の結果であり、不安や諦めは荷物のようなものである。決して結果ではない。可能性はある種結果である。とにかく私は人との馴れ合いのストレスに正気で耐えられる強さというものを持ち合わせてはいないのだ。

about my heroes

A・ランボオとボブ・ディラン
　　やっぱり似てる

fairytales are rocking about on the earthbeat 2000

2000.8.30
running through barefoot

久々の雨だ。
そういえばこの前虹を見た。
でも、虹について話すのは控えたほうがいいみたい。
朝からザ・フーのマイ・ジェネレーションが
止まることなく回ってる。
歌ってるのはパティ・スミスかもしれない。
できるだけ気にしないでおこう。
たまに口ずさんでみては顔を赤らめる。
畜生、赤と青のドーナッツだ。
エルヴィスは私を殺す気か？
忌々しい。
people cry put us down——
talkin' by my generation——
そうあんたに用はない。
悪魔になった男。葉巻たばこの英雄の話だ。
その男はたいした道化師だった。
彼は常日頃から悪魔の面に噛み付いては笑ってみせた。
全くもって賢者の顔で人々を食らう。
皆、自然と彼を取り巻く渦の中へと巻き込まれていった。
でも誰一人として彼の声を聞くことはできなかった。

あああ、どうでもいいや。
面倒臭え。
男は死んだ。
男は死んだんだ。
悪魔に食い荒らされて少年は死んだ。
彼の頭脳の中で
彼の知性の中で
彼の才能の中で
彼の慈悲の中で
彼の許容の中で
彼の体によって
男は死んだ。

2000.8.31
living after blank generation

　愛すべきコンクリート・ジャングルをスケッチしようと思い立って、重い荷物をまとめ外に出たら雨が降っていた。仕方なく荷物を置いてサイクリングに出かけた。
　人のいないところに行きたい。
何処へ行っても人の群れに出くわす。
最近は人と話すことも余りない。軽い日常会話の中で他人がもらす言葉を噛み締めては、彼／彼女らの生活、記憶などを想像する。
人各々が持つ言葉は私のイマジネーションを刺激する。
言葉の選び方、使い方、強弱、呼吸、表情、本当に面白い。
有り難いと言ったほうがいいのかな。どれだけの時間を共に過ごしたとしても、どれだけの言葉をかわしたとしても、彼／彼女らの脳味噌を主観として捕らえることは、私が私である以上無理だ。
だからまずは偏見を捨てて、
精一杯の敬意を持って、彼／彼女らの声を聞くんだ。
浮かび上がって来るのはグレイトフル・イメジといってもそれが私の悪い癖＜世界は一つ、人類皆兄弟ってやつ＞を呼び覚ますんだけど。
ともあれ、人に与えられるものは本当に凄い。例えば友達。奴らは凄い。殆ど会うことはないけど。月に一回会えば快挙である。
　ある人は言葉をくれる。
分かりきった言葉だ。優しくて嬉しくて安心できる言葉だ。
言葉の重み、自分自身の感情を表現することの大切さを
純粋な目をして教えてくれる。
　ある人は私に多くの共感をくれる。
それはとても単純で根本的なものだ。
そういった感情は私を前へと向かわせる。
二人でかわした言葉の数にきっと世界は埋もれてしまうだろうね。
　ある人は私に強さをくれる。
痛みの強さだ。何も告げずににっこり笑って、
大きく暖かい時間だけをおいて行ってしまう。
　ある人はとんでもない力で背中を押してくれる。
不可能や限界って類いの言葉の本当の意味を教えてくれる。そして私達個々の生命体が各々に世界の原動力であると確信するんだ。
　ある人は私に問いかける。
時間と共に失われていくものや、忘れ物をほんの少し取り戻すために、太陽を追いかけたりするんだ。黙り込んだりなんかして、それでも何だか居心地がいいや。

8.31 livinning after black generation

fairytales are rocking about on the earthbeat 2000

　私は多くの人から多くのものを与えられて生きている。
私が与えているものはというと恐ろしいけど。
分かっている。そんなもんじゃないって。
友達や他人の存在自体が有り難い。それだけだ。
例え彼／彼女らがどんな人間であろうと大した問題ではない。
誰であろうと、
そいつは同じ生命をもつ神聖な個体であることに変わりはない。
どんな罪を犯そうが、どんな功績を残そうが、
そいつはちっぽけで無力な生命であり、偉大な宇宙の原動力である。
人間有り難みはその生命自体にある。
そしてそれこそが個人を決定づけるものだということ。
黙ってたって、眠ってたって
人は各々絶対的個であり、大きな宇宙の一部なのにね。
それが全てだよ。そんなこと考えると凄く嬉しい気分になれる。
誰もが宇宙の原動力なんだ。私達は皆、同じ役割を持ってるんだよ。
そして各々のやり方でその役割を果たしてるんだ。

カンバスがなくたって、
ペンがなくたって、この腕を切り落とされたって、絵が描ける。
ギターを奪われたって、
声がかれたって、音を失ったって、私はロックスターだ。
花を飾ることも、
サキソフォンの悲鳴を忘れてしまったヒップスターだ。
偽善的平和主義者の顔をした革命家だ。
何にもなりきれない。
何にも私を支配することは出来ない。
私は私である。
自我とは初めからそこにあるものだ。
成長はそれを認識することだ。
趣味は思考はある種の偏見だ。
あらゆる可能性を見ようと回り道したっていいじゃない。

2000.9.3
the story of season like revolution

秋の風が吹く。
夕焼け空は秋の匂いを運んできた。
雲がなんだか寂しそうに
遠い空の上で街の悲鳴を呑み込んだ。
私を乗せて何処かへ連れて行ってはくれないか。
そしたら今度こそは戻ったりはしない。
雲に乗って太陽を追い越すんだ。
明日の日の出を見に行きたいんだ。

2000.9.4
hideous human injuries holly

生まれたての人間の表情って本当、純粋で残酷で可愛い。
奴ら天使だね。きっと。

人は誰もが欲しているんだ。大きな愛情と安らぎとを。
でも人が人である以上それに応えるのは難しい。

            分かってるよ。

知識は人を堕落させる。
成長は世の中に失望することだ。

            分かってるよ。

あんたが今考えたことぐらい。

          分かった上で言ってんだ。

だから黙って聞いてろってんだ。

           ただの道化だから。

皆日々傷を負っていく。
憎しみは裏切られた愛情の姿。
そいつは悲しみを生む。
悲しみは哀れみを。
生きることは大きな許容だ。
大事なのは傷跡を一生背負い続けることだ。
そいつを忘れたら、純粋性は失われてしまう。
それが一番恐いんだ。

2000.9.5
who brings the rain

         諦めることだ。
          何もが無駄で、
        私は愚かで、
      生きているのは奇跡である。

I can put my fist up in the air

Tomiko Takino
did House
back riding.
2000.
own

2000.9.6
I can put my fist up in the air

階段を昇ると疲れるでしょ。
降りるのも同じ。
やっぱり疲れる。
どうってことはない。
何一つ変わりはしない。
高い所に登ると不思議に気分が晴れる。
視覚が勝ち得る優越感か、
果てしなく透明な空への憧れかは分からない。

何時になったら辿り着くの？

この世界には上も下もないんだよ。
あるのは中心だけ。
空に登り詰めたら、
次は太陽って中心が顔を出す。
恥ずかしそうに赤面している。
溢れんばかりの情熱で、
私達を自身の中心に引き寄せてるんだ。
決して手放したりはしない。
決して口に出したりはしない。
ただ毎日私達の前に現れる。
それだけだ。

on the land of concrate

音楽は鼓動のようなもの
美術は脈拍のようなもの
詩は呼吸のようなもの
表現は人間からこぼれ出る排泄物のようなものだ。

on the land of concrete

2000.9.8
the devil has long tongue

秋の太陽が昇る。
久しぶりに嗅いだ匂いだ。
生暖かい風はほんの少し草の匂いがした。
　何時になったら辿り着くんだろう。
空は白く私の上に落ちてきそうだ。
　雨が降ればいいのに。
そしたら少しは気分が楽になる。
勢いよく影を増やした。
影は私を覆い、
山は今にも呑み込まれそうだ。
　「もっと高い所にいったら私も連れてってくれるのかなあ。
　一体何処に行ってしまったんだろう。あの山は。
　空の裏側には何が見えるの？」
空の灰色が遂に山を呑み込んじゃったんだ。
灰色の向こう側には穴の開いた黒がある。
その向こう側には白っぽい白。
白っぽい白は黒の影を映す。
何時まで経っても辿り着かない。
全ては丸くて私は私の軌道上、
ただ抜け出す術を探してうろたえてるんだ。
明日には今日とよく似た太陽が昇り、
いつかとよく似た顔の私がやって来る。
時は瞬間を中心に広がり進んでいくのに、
私の刻める時間は一方向しかない。
だから迷っちゃうんだ。
何もがそうなんだよ。
球状なんだよ。でも結果は一つ。空は灰色だってこと。
限り無い白と黒の可能性の一瞬の表情なのに、
物事は一方向から見なきゃいけないんだってさ。
世界には善か悪かしかないんだって。
右か左か選ばなきゃいけないんだって。
その先は危ないよ。
地球の果てがあるんだ。
私は嘘つきで、嘘つきは罰せられる。
世界は拷問室だ。

fairytales are rocking about on the earthbeat 2000

もしも言葉が時を刻むとしたら
どの辺りまで来たんだろう。
人生のうちで人が使える言葉に限界があるとしたら
今私は何を言うだろう。

inside out up side down

fairytales are rocking about on the earthbeat 2000

2000.9.13
inside out
upside down

手紙が届いた。何だか複雑な気分だ。
自分が何処にいるかすら忘れてしまいそうだ。
そういえば昨日は大雨だった。台所で雨漏りの音。
不思議に心地よかった。明日は何を連れてやって来るんだろう。
今日は何を持って行ってしまったのか。
雨はすっかりあがったけど、今日の空もやっぱり何処か悲しそうだ。
大雨は月を喰った。兎は何処へ行ったんだろう。
今夜私の上に月は帰ってきてくれるのかな。
そしたら明日に希望を捧ごう。

希望って何だっけ。そんなもの持てるのか？
悪夢みたいな現実に、言葉を忘れた妄想狂。誰の顔も見たくない。
人に対する感情は憎しみだ。もうそれしか残ってない。
私の気狂い。
気付けば取り返しがつかない。もうずっと私の中にある。
日に日に大きくなってるんだ。そいつはいずれ私を殺す。
もう無理なんだ。全てを自分のうちに呑み込もう。
それが、醜い魂への酬いだ。誰一人責めたりはしない。
他人の存在に、繰り返される日常に感謝をしよう。
それが、正気でいるために出来る唯一のことなんだ。

なんでこんなにも綺麗なの。
今日の空は。
逆立ちした兎の影を乗せて浮かぶお月様。
夜を静かに照らし出す。
深い青の世界。
もう一握りの力を取り戻せるのなら、どんなことでもやってみせる。
だから、お願い。
お願いだから、この憎しみを何処か遠くへ埋めてしまってよ。

9.18 who made the tragic man , who gived the tragic way

2000.9.8
who made the tragic man
who gived the tragic way

二度と無理なこと
人間社会で当然の恩恵を受けて生きること
私は何とも惨めな生物だ
与えられた餌を食うことも
見合った報酬を受けることも
他人に愛情を注がれることも
息苦しくてたまんない
全て私には不釣り合いだ
私はゴキブリみたいなもんで
ただの害虫だ
人間がゴキブリに権利を与えてくれるのか
殺虫剤を浴びせられるか
罠に追い込まれるか
せいぜいそんなもんだ
それでも生きるために
人間社会に寄生し続ける
人のおこぼれを貰って
本当、惨めだよ
と言っても
群れ単位で生活出来ないから
結局はゴキさんにもなれないんだけど

9.20

2000.9.20

遂に月は太陽を追い越した。
もう駄目。個人的で吐き気がする。
私の脳味噌は、多面性を持ち過ぎている。
余りにも多くの人格が私の中に存在している。
生活の中で、それらの人格：可能性を生み、育て、自問自答を繰り返して生きる。
それらは客観性の顔を持つ憎たらしい主観である。
主観はそれらを普遍するものを監視する。
そして、それらは共生している。
私は自己の中の普遍性こそを絶対的思考と決めつける。
他人は私の言葉に一貫性を見出せない。
私はありとあらゆる矛盾を食らう。
一つの声は多くの要素によって成り立つものだ。
単純明快、まるで多くの細胞が一個の個体を作り上げるみたい。
揺るぎないものが単なる決めつけであってたまるものか。
それは打ち砕かれても尚、静かにそこに存在し続けるべきだ。

疑わずにはいられない捻くれ者の独り言

2000.9.22

こんな時髪を切る。そうしないと一歩も外に出られなくなってしまう。
朝、パーマ液を買いに行った。カーリーヘアが欲しくて。
何でだろう。髪型が気に入らない時は最悪。
自分の醜さに耐えられない。気が動転して、泣き出しそうになる。
馬鹿みたいな話、外観へのトラウマから抜け出したくて、
美意識の重荷を背負ってドツボにはまる。
鏡に映る自分の醜さに破壊衝動に駆られる。
そういう気持ちは幼稚園にあがる頃には完全に確立してたと思う。
以来、両極の美意識の板挟みをくらってる。

自分の記憶を語るのは凄く抵抗がある。でも、追い詰められてる。
全てを吐き捨て楽になりたい。
そんな自分への苛立ちが私を黙らせる。
　　　　　　　　　　　　　　　　私が欲しているもの
　　　　　　　　　　　　それはきっと人の理解だ、同情だ。
そして次は優越感を噛み締めたいと言うのか。
　　　　　　　　　　　　　　　　ここまで自分を苦しめて
　　　　　　　　　　　　　　　どうしようっていうんだ。
黙れ、それ以上喋ることは許さない。
　　　　　　　　　　　　　　　　　お願い、落ち着いて。
この話は、何時かその時が来るまでおいておこう。
　　　　　　　　　　　　　　　　　　　　逃げるのか？
　　　　　　　　　　　　　　記憶を盾に逃げ続けるのか。
それとも自慢気に吐き出すのか。
　　　　　　　　　　　　　　　　　気負いする必要はない。
恥をさらけ出せばいい。愚かに振る舞えばいい。

　　　　　　　　孤独を巡る腐り切った自尊心との戦い。
　　　　　　　　　　　人間性の肉体との戦い。
　　　　　　　　　　　　精神の人間性との戦い。
もう何も言いたくはない。自分が許せなくなる。
　　　　　　　　　　　　　　　　　　　　自分への疑い。
カーリーヘアを手に入れた。変わったこと？
私の首を絞めるまた新たな人格の可能性。
私の悪意の可能性。
善意はそこに埋もれ、初めて判断力は生まれる。
無知の脅迫。
限り無く清らかである無知の脅威。
一面的で吐き気がする。

2000.10.7
teenage jesus superstar

エドガー・アラン・ポオ
えどがわ　らんぽ
楽しいな

fairytales are rocking about on the earthbeat 2000

2000.10.7 teenage jesus superstar

私の魂を疎外し続けるものは何か。
私を24時間監視し続けるものは何か。
毎日探すんだ。
そいつの影を。
部屋にいたって不安なんだ。
何故これ程までに息苦しさを感じるのか。

fairytales are rocking about on the earthbeat 2000

000.10.9

混乱していること
私が私であること
私が尚、生き続けること
私が眠りにつくこと
表現すること
全ての感情に素直でいること
互いにぶつかり合い
新たな方向を示す
失われるものはない
目を背けたりはしない

私は何処へ向かうのか

多くの声が反響し
角度を変え
互いに共鳴しあい
消えることなく
肥大していく

混乱していること
息苦しさを感じること
ある日の悪夢のこと
誇らしく笑うこと
不信感を抱くこと

肯定し得るもののみ信じよう
とんでもない吐き気だ

2000.10.10.10.10.10.10.10.10.10.10.10.10.10.10.10.10

私は私にとって最大の原動力を守るために
そのために、本当にすべきことを見失ってしまったのか。

10.9

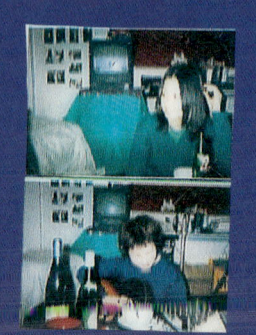

fairytales are rocking about on the earthbeat 2000

2000.10.14

朝から気分が悪い
胃は放っておくとして
後は何を連れて行こう
カストロは笑う
私をコケにして
後は何を背負おうか
私の言葉は失われて
明日になっても帰ってこない
だから次は何を捕まえるべきか

2000.10.15
the angels in ecstacy

何一つとして納得いかない。
いつも明日は何喰わぬ顔で追って来る。
早く私を追い越してはくれないか。
全てを持ち去ってはくれないか。
二度と私の意識が目を覚まさないように。
表現すること。
その純粋性に疑問を感じる。
私は何故表現するのか。
自身への弁明ではないか。
己を正当化するつもりか。
感覚を美化しているのではないか。
この声を誰かに聞いて欲しいのではないか。
この存在を見せつけたいのではないか。
孤独に耐えきれないのではないか。
美意識に取り憑かれたのか。
好奇心からか。
内なる魂の優越からか。
否、溢れ出るからではないか。
そこには必ず他者／他物が存在するのではないか。
その感動を排泄するのではないか。
それが表現という形ではないのか。
執着すべき真実ではないか。
主観的ではあるが受動的であるべきでないか。
主観とは精神の捕らえ得るヴィジョンである。
個々のヴィジョンによって物体は存在を得る。
我は主観は取り巻き、ヴィジョンを支配しようと企てる邪魔者だ。
私を私たらしめるのは個々の主観である。
我は意識の産物に過ぎない。
意識、私の体内を泳ぎ回る。
それは、知性であり、混乱する感覚そのものだ。
混乱は愛着を抱くことだ。
愛情の重荷を背負うことだ。
痛みを苛立ちを背負い続けることだ。
知識によって予測した未来が訪れたとしても、
己の愚かさに首を吊ったとしても、
矛盾と欲望と愛情を喰い、
永遠なる時間の軌道上で大声で叫んでやろう。

fairytales are rocking about on the earthbeat 2000

2000.10.18

人に出会ったらまずなんて言うんやったっけ？

10.19

2000.10.19

自分に尋ねる

　　　　　　　　　　どうすればいいか

尋ねないとわかんなくなっちゃった
聞かれた私も困る

　　　　　　　　　　どうすればいい？

10.20

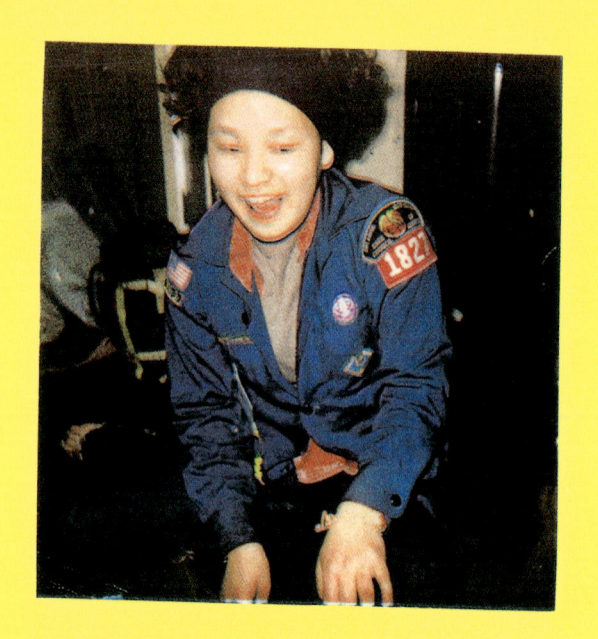

2000.10.20

面倒だ。
生きるのは。
こんなんやから想像力は腐っちまうんや。
皮肉なもんや。
阿呆なTVは討論してる。
フリーター問題やってさ。
おいおい、私のことか？
おっさん曰く、
自分探しがどうのこうの、
おばさん曰く、
差別を受け続けた女性のどうのこうの。
下らねえ。
何が大人世代への反抗じゃ。
何が自由じゃ。
ボケ。
お前ら阿呆か？
おい、おっさん
お前、自分探しとか訳の分からんことゆうてんと
記憶の媒体みたいな絶対的その存在で笑ってくれよ。
おい、おばはん
性差別がどうとか言う前に、お前のその子宮で
父なる大地を愛してみあがれ。
おい、わかもん
やいやい言うな。
お前の純粋性の荷を背負え。
面倒臭えなあ。
全く。
つき合いきれんわ。

2000. Oct 24th
Face 40

hi-lite

2000.10.25
今日の空みたいなトレンチコートが欲しいな。
街の騒音を背負ってイアン・カーティス風に煙草を吹かす。
これって単に自虐性の問題なのかな。
多数決の制裁だ。
民主主義の齎す悪夢だ。
被害妄想では収まらない。
実際に強いられてるんだ。
＜upside down downside up＞
なんて唱えてるからこんなことになっちゃった。
畜生。
レインコーツの陰謀か？
全てをあやふやにしてやりたいんだ。
選択肢は貧しい人間の脳味噌が生み出した。
だったらそれごと呑み込んでやろうって言ってんだ。
私は同じことを何度でも繰り返してやろう。
背中合わせにある可能性を追いかけよう。
確信は錯乱そのものだ。
真実は混沌の中にある事実だ。
戸惑うことだ。
苛立ちだ。
葛藤だ。
その声を聞くことだ。
自身の存在で受け止めることだ。
この存在自体があやふやであるが故に絶対的であると、
永遠なる時間の空間を死に向かい刻み続けると、
そしてあやふやさこそが、
他者／物との間に確信的事実を生み出すと、
信じ続けよう。
だから、許容って口を大きく開けて記憶が吐き出したもの皆
この腹で呑み込んでやりたいんだ。

2000.10.29
鍵を締め部屋に閉じこもる。
ここは私の逃げ場なのか、独房なのかは分からない。
日が昇る度、人間の面を背負って街を行く。
幻想を虚構を私は行くんだ。
過去を排泄し、記憶を喰いながら、
11月に花を捧げるために行く必要がある。
文字を書くのは、道端で落とし物を拾ったから。
それが何時も下を向いている訳。
探してる。
生活の中で合理化されてしまった脳味噌が、過去と共に排泄した
人の声の粒を拾い集めているんだ。
ポケットに忍ばせて、静かに眺める。
次の瞬間には、ちょっとだけ切なくて暖かい
オーロラみたいな光の粒は消えてしまうんだけれど。
だからどんなに拾い集めても私のポケットはいつもからっぽなんだ。
でもその粒の存在を信じていたいから、私は表現する。
人間はすぐに忘れ物をするからね。
忘れられた魂の痛みを、強さを
ちゃんと見ておきたいんだ。
私は下を向いている。
肩は強ばっているし、背中は丸めている。
道端でどうしようもなく立ち尽くしている。
もう二度と胸を張ることなんて出来ないけれど、
私は知っているんだよ。
優しいオーロラの声の粒を、
それを失ってしまった人間を、
それでも人は通り過ぎるんだ。
私にぶつかったって気に留めない。
私を置いて行ってしまう。
全てが無駄なんだ。
私に信じられる唯一の物は初めから幻想だったのかもしれない。
それを認めてしまったら、
もう存在し続けることすら出来なくなっちゃうんだけど。

fairytales are rocking about on the earthbeat 2000

10.30

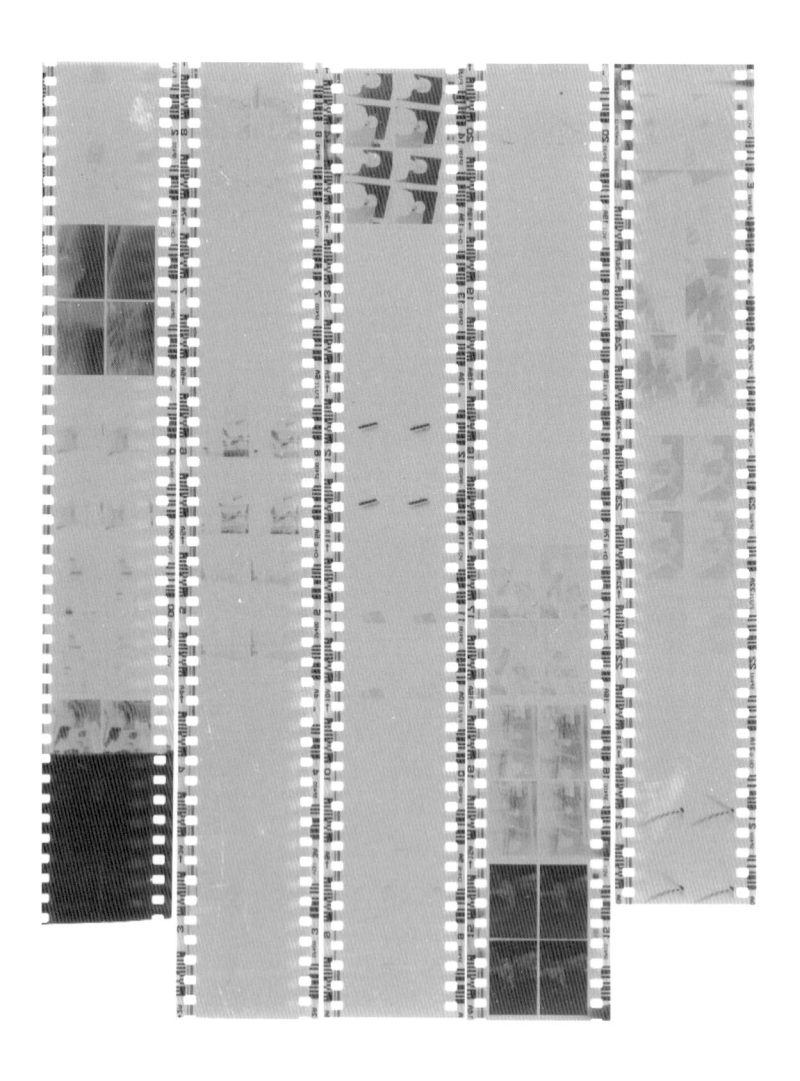

2000.10.30

明日はきっと、私を救ってくれる。
今日が奇跡的に笑いかけたように。
信じるんだ。

11.4 I don't know where just I'm gonna go but I'm gonna try to seek for the kingdom

2000.11.4
I don't know where just I'm gonna go
but I'm gonna try to seek for the kingdom

何よりも厄介なのは、感情に答えられないことだ。
意義を見出そうとする意識の側面についてだ。
判断力の重荷を背負う、
許容と認識の間にある神経質な存在についてだ。
規制することでも、制裁を下すことでも、黙認することでもない、
彷徨い続ける魂についてだ。
自分の感情について疑問を抱くことはどうだ？
善意とは、何処に在るべきものなんだろう。
何にとって有益なものを私は捕らえたのか。
この世界にとって最良の精神とは、
一体誰のために捧げられるべきものなんだろう。
物事を普遍する、偉大な魂の陰謀は、
地面の下で人々の靴底を捕まえたり放したりしながら、待っている。
来るべき時の過ぎ行く様を見つめて、数十億年もの間待っている。
＜キングダム＞には永遠に辿り着かない。
辿り着いてはいけないんだ。
明日になれば誰もが行けるのに、誰一人足を踏み入れたりはしない。
罪深い私達が踏み荒らす訳にはいかないんだ。

かつての髭と葉巻きの革命家が築いた
ユートピアが生んだ悲劇みたいに、
星印に飾られた悲劇みたいに、
私は気狂いじみた理想に身震いをして、
冬を乗り切る準備をしている。

2000.11.9

「人に対してもうこれ以上失望したくない」
そんな話を酒のあてにしながら
明日訪れる未来とは程遠い未知を想う。
いまや、象徴物としての時代が私達に揺さぶりをかける。
その脅威を鼻で笑い、
地下深く潜り込んだ私の精神の行方を探す
ニナ・ハーゲンの顔を背に
どうしようもなく困惑した友人の表情を覗き込む。
取り返しのつかない感情を記憶の向こう側で見失ってしまった。
バーボンを一気に口に放り込み、天井の明かりに目を眩ませる。
あの光の中で悪魔は私の足を掴んでいたか。
満足気に転げ回る青い背中を蹴り飛ばした朝に迷い込んだ。
自由っていう監獄の出口を見つけだせずにいる。
己の精神を解放するために、ぎこちなく、
盲目に走り行くテロリストの手に握りしめられた爆弾は
もう火花をあげている。
私の知性がこの存在を吊るし上げるのか。
彼女の辿り着いた崩壊とは他でもない。
彼女自身の意識に対してだ。
煙りの中に吐き捨てられた魂の焼跡が余りにも惨めに泣き叫び、
アスファルトは同情を送る気にもなれず静かに目を閉じた。
尚も彼女の魂は力強く、
執着心は底抜けに澄んで、
町中を這い回った。
まるで見せ物であるかのように、振る舞ってみせた。
もはや、確信的情熱は打ち砕かれ、
無意識は可能性によって脅かされる。
休む場所もなく、罪悪感と苛立ちばかりが責めて来る。
「人に対してもうこれ以上の希望は持てない。」
友人の言葉に取り乱した私の脳味噌が嘆く。
失われた純粋性は無知の鎧を身に纏い、
私を陥れる時を窺っている。
『その次に来る重荷は人類に光明を与えると誓ったこと』
(アレン・ギンズバーグ)
何時の日からか他者との間に在る隔たりを
己の精神を売り払うことによって覆い隠そうとしていた。

fairytales are rocking about on the earthbeat 2000

rhythm of a heart beating

p.s.:sonic silence

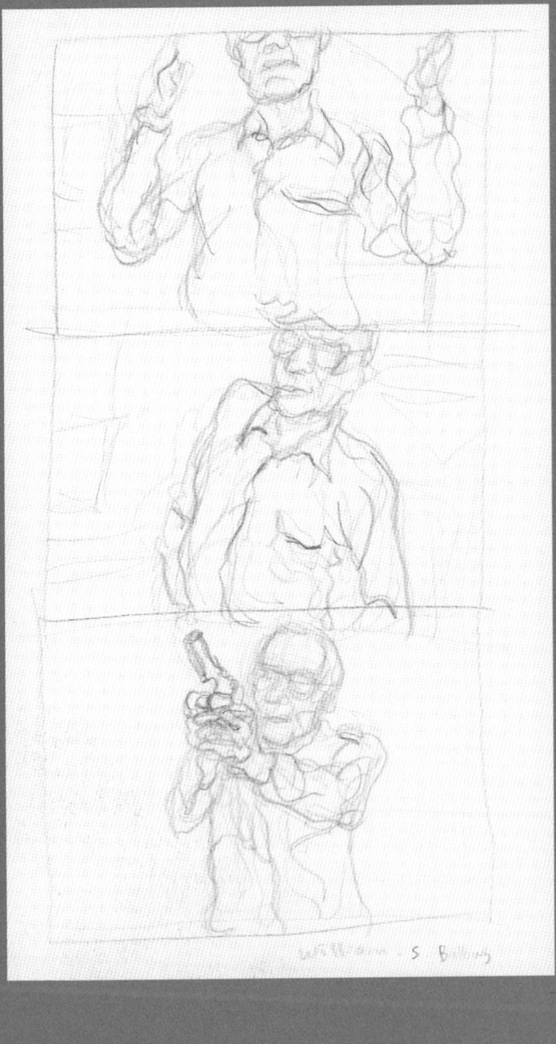

スピーカーから流れる音

私はその後ろに在るのも全て
背負いたい
大きな顔して背負いたい
涙を流して背負いたい
にっこり笑って背負いたい
誰かが辿った運命を
誰かが感じた感情を
誰かが夢見た瞬間を
体を震わせ背負いたい
誰かが駆け抜けた時代を
誰かが戦った世代を
誰かの笑いかけた一瞬に
恋するみたいに背負いたい
誰かの歓びに
誰かの涙に
誰かの怒りに
誰かのちいさな動揺に
振り回されるよう背負いたい

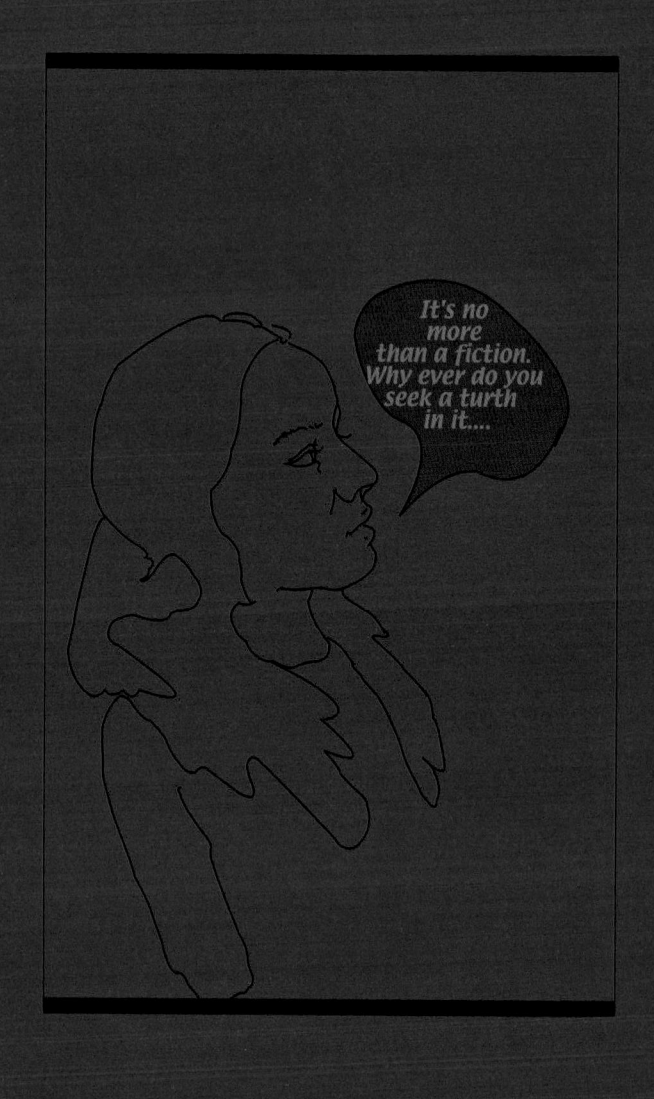
It's no more than a fiction. Why ever do you seek a turth in it....

著者プロフィール
瀧野 宝子（たきの とみこ）

1980年11月10日生まれ
兵庫県出身、大阪府在住

FAIRYTALES ARE ROCKING ABOUT ON THE EARTHBEAT

2001年12月15日　初版第1刷発行

著　者　瀧野　宝子
発行者　瓜谷　綱延
発行所　株式会社　文芸社
　　　　〒112-0004　東京都文京区後楽2-23-12
　　　　　　　　　電話　03-3814-1177（代表）
　　　　　　　　　　　　03-3814-2455（営業）
　　　　　　　　　振替　00190-8-728265
印刷所　東銀座印刷出版株式会社

©Tomiko Takino 2001 Printed in Japan
乱丁・落丁本はお取り替えいたします
ISBN4-8355-2889-1 C0092